TOPITO
y los pantalones

Zdeněk Miler
Eduard Petiška

TOPITO
y los pantalones

Concepto e ilustraciones: Zdeněk Miler
Texto: Eduard Petiška

Ediciones Ekaré

Había una vez un montoncito de tierra.

Un montoncito que se sacudió, tembló y saltó,
como si tuviera un par de piernas.

Pues sí, tiene piernas,
y hasta una pequeña nariz.
¡Es Topito!

—Aquí estoy —dice—.
¡Y estos son los tesoros que desenterré!

Un clavo, un alfiler,
una cuerda, una pelotita…
Pero lo mejor sería
encontrar unos pantalones
con bolsillos.

¡Cuántas cosas podría
guardar!

—¡Ratoncito! ¡Ratoncito, espera! Tú que vives en una casa con humanos seguro que sabes dónde puedo encontrar unos pantalones con grandes bolsillos.

—*Chii, chii.* ¿Pantalones?
—pregunta Ratoncito—.
Yo sé de quesos y de dulces.
No sé nada de pantalones.

—¡Mariposa! ¡Mariposa, espera! Tú que vuelas por el mundo y ves tantas cosas, ¿sabes dónde puedo encontrar unos pantalones con grandes bolsillos? Realmente los necesito. ¡Por favor, no te vayas!

Topito corre detrás de la mariposa…

… Pero se encuentra con un riachuelo en el camino.

¡Splash!

—*¡At-chú!* —estornuda Topito—. Lo que faltaba: pescaré un resfriado. *¡At-chú!*

—¿Qué pasa? —gruñe
Cangrejo de río—. ¿Quién
está haciendo tanto ruido?
—Pe-perdón, señor Cangrejo.
No fue a propósito.
¿Sa-sabe usted…? *¡At-chú!*…
¿dónde puedo encontrar unos
pantalones con bolsillos?
—Pues tráeme la tela
y yo mismo te los corto.
Y no hagas tanto escándalo.

¡Upa! Topito salta a la orilla,
pero… ¿qué pasa?
¡La orilla se mueve!

—¡Epa, epa!
¿En qué me he subido?
—se pregunta Topito—.
¡Caracol, caracol!

Pero el caracol se asusta
y se esconde en su casita.
—Bueno, no va a salir
de allí en un buen un rato.
Y seguro que nunca en su
vida ha visto pantalones.
No me puede ayudar.

Topito encuentra
un pájaro sastre.

"Si sabe coser un nido,
seguro que sabe coser
pantalones", piensa Topito.

—Sí, los coso, los coso
—responde Pájaro Sastre—.
Pero primero tienes que
traerme una tela cortada.

Topito llora sobre su topera.

—Cangrejo me cortará
la tela, Pájaro Sastre
la coserá, pero ¿dónde
encontraré la tela?

En eso, la flor que está
cerca de Topito se inclina
sobre él: —No llores,
Topito. Me llamo Lino, y si
haces todo lo que te digo,
tendrás tus pantalones.

Mira cuántos cardos y hierbas malas han crecido aquí. Ayúdame y arráncalos para que yo pueda respirar.

Además, todos esos escarabajos van a arruinar mis hojas.

¡Ayúdame y espántalos!

—¡Maravilloso! —exclama Topito—. Finalmente voy a tener pantalones.

Y arrancó los cardos y las hierbas malas y espantó a los escarabajos.

—Tengo tanta tanta sed
—suspira Lino—. Ayúdame
y trae agua para regarme.

Así que Topito va y viene
trayendo agua para regar
a Lino.

—¿Y qué hace esa oruga aquí? Esa glotona agarrona. ¡Aléjate!

Es mucho trabajo. Pero Lino crece y crece, y un día dice: —Estoy listo. Te diré lo que tienes que hacer ahora para conseguir tus pantalones con bolsillos.

Y Topito hace todo
lo que Lino le dice.

Primero lo recoge y
lo junta en un manojo.

31

—*Croac, croac* —dice Rana—. ¿Qué llevas ahí?
—Voy a remojar este lino —dice Topito—, para hacer
la tela para mis pantalones de grandes bolsillos.
—*Croac,* te ayudo. He visto muchas veces
cómo remojan el lino.

Topito y Rana hunden el lino en el agua
y le ponen una gran piedra encima.
Cuando el lino está empapado, Topito
lo lleva a la orilla para secarlo.

Topito se acuesta debajo
del lino. El lino se seca
y Topito se duerme.

Y sigue durmiendo hasta que
una mosca se posa sobre
su nariz. "Creo que ya es
hora de llevar el lino a
la cigüeña", piensa Topito.

—Buenos días, señora
Cigüeña —dice Topito.
—¿Qué te pasa, Topito?
¡Clac, clac! —pregunta
Cigüeña, haciendo sonar
su pico.
—¿Podría aplastar estos
tallos de lino, por favor?
—*¡Clac, clac!* ¿Y para qué son?
—Del lino saldrá una tela,
y de la tela, pantalones.
Pantalones con grandes
bolsillos. De verdad
los necesito —dice Topito.

—Pues con gusto
te ayudaré. *¡Clac, clac!*
—responde Cigüeña.

Luego, Topito sale
en busca de Erizo.
¿Pero dónde estará?
Pues claro, durmiendo,
como siempre.
—¡Erizo! ¡Erizo, despierta!
Erizo abre los ojos lentamente
y los vuelve a cerrar.
—¿Qué está pasando?
—pregunta.

—Erizo, Erizo, por favor,
déjame peinar estos tallos
de lino en tus espinas.
Los necesito para hacerme
unos pantalones.

Erizo bosteza. Una vez, dos veces.
—Pues hazlo rápido antes
de que me vuelva a dormir.

Topito comienza a peinar las fibras
entre las espinas de Erizo,
pero antes de terminar,
ya Erizo está dormido otra vez.

Topito corre donde las arañas.
—Señoras arañas, ¿podrían
hilar estas fibras de lino,
por favor?
—¿Para qué son, Topito?
—Los hilos se convertirán
en tela, la tela se convertirá
en pantalones. Pantalones
con grandes bolsillos.
—Te ayudaremos —dicen
las arañas, y comienzan
a hilar.

Hilan tan rápido que Topito
casi no puede enrollar
el hilo en el carrete.
—Muchas gracias —dice.

—De nada —responden
las arañas—. Vuelve con
tus pantalones nuevos
para verlos.

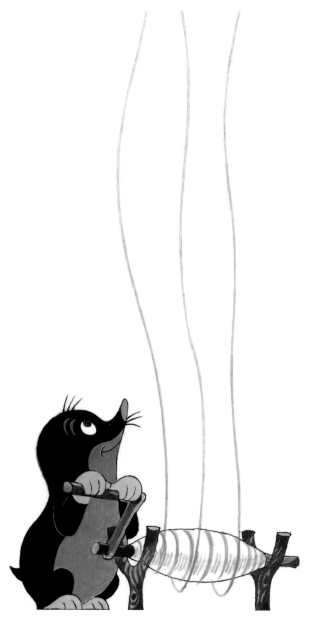

Topito corre a la pradera
con el hilo.
—Bayas, bayitas: tengo hilo
para una tela, la tela es
para unos pantalones, pero
no tengo con qué teñirlo.
¿Lo podríamos teñir aquí?
Las bayas asienten con
su cabecitas azules.

Y el hilo está teñido
en un plis plas.
El escarabajo volador
lo corta y las hormigas
se lo llevan.

"¡Tu-tuu-tu-tuu!".
Un escarabajo toca
la trompeta, mientras
las hormigas serruchan,
cortan y martillan estacas
en la tierra.

Han construido un telar
para tejer el hilo.

El escarabajo y el grillo
tocan música; las hormigas
tejen y tejen.

Topito sonríe feliz. Ya casi
tiene su tela. Tela para hacer
pantalones, pantalones
con grandes bolsillos.

—Solo falta un poquito,
Topito —dicen las hormigas.

¡Hurra! ¡Está listo!
En la hierba extienden
la tela terminada.

Todos los escarabajos y
moscos de la pradera vienen
a verla. ¡Qué bella es!

—La enrollaremos —dicen
las hormigas—. Así será
mas fácil de llevar.

—Muchas gracias, hormigas
—dice Topito.

Las hormigas le dicen adiós
mientras el grillo toca
una canción alegre.

Topito busca a Cangrejo
de río.

—Señor Cangrejo, aquí está
la tela para los pantalones.
—Nunca he visto una tela
más bonita —dice Cangrejo,
y comienza a medir y cortar—.
¿También quieres bolsillos?
Pues bolsillos tendrás.
—Y, por favor, que sean bien
grandes. Grandes bolsillos
para que quepan
todos mis tesoros.

Topito busca a Pájaro Sastre.

—**Lo que prometí es
lo que haré —dice el pájaro,
y comienza a coser—.
Esta tela tan buena,
¿de dónde la sacaste?**

—**Te lo contaré —responde
Topito—: En la pradera crecía
el lino. Rana me ayudó a
remojarlo, luego lo secamos;
Cigüeña lo aplastó,
Erizo lo peinó,
las arañas lo hilaron,
las bayas lo tiñeron,
las hormigas lo tejieron,
Cangrejo cortó la tela,
y tú... Pájaro Sastre,
muchas gracias por coserla.**

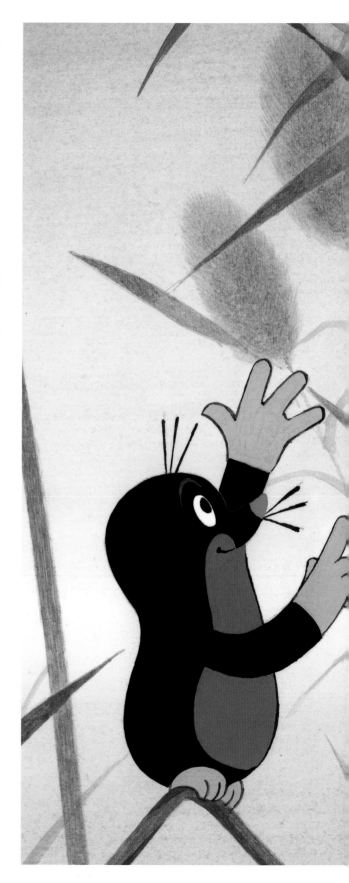

—No fue nada.
¡Que los disfrutes!

"¡Qué pantalones tan
hermosos!", piensa Topito.
"Y estos bolsillos... ¡seguro
que tendrán espacio para
todo lo que encuentre! Voy a
verme en el espejo. *Tralalá.*
Qué bien me quedan estos
pantalones: mis pantalones
de grandes bolsillos".

EDICIONES
ekaré

Concepto e ilustraciones: Zdeněk Miler
Texto: Eduard Petiška
Traducción del inglés: Carmen Diana Dearden

Primera edición, 2014

Av. Luis Roche, Edif. Banco del Libro, Altamira Sur, Caracas 1060, Venezuela
C/ Sant Agustí, 6, bajos. 08012 Barcelona, España
www.ekare.com
Publicado por primera vez en checo por Albatros, República Checa
Título original: *Jak Krtek ke kalhotkám přišel*

ISBN 978-84-941716-4-2
Depósito Legal: B. 27929-2013